非常白，有点凉

刘山 著

人民文学出版社

图书在版编目（CIP）数据

非常白，有点凉 / 刘山著 . -- 北京 ：人民文学出版社，2024. -- ISBN 978-7-02-019059-1

Ⅰ . I227

中国国家版本馆CIP数据核字第20241DL820号

责任编辑	于文舲　李义洲
装帧设计	刘　远
责任印制	王重艺
出版发行	人民文学出版社
社　　址	北京市朝内大街166号
邮政编码	100705
印　　刷	北京中科印刷有限公司
经　　销	全国新华书店等
字　　数	620千字
开　　本	787毫米×1092毫米　1/32
印　　张	8.5　插页1
版　　次	2024年12月北京第1版
印　　次	2024年12月第1次印刷
书　　号	978-7-02-019059-1
定　　价	56.00元

如有印装质量问题，请与本社图书销售中心调换。电话：010－65233595

目 录

第一辑 抛向荒野的事物

炉中煤	003
心底的事	004
对西北雪野的一次书写	005
日常	006
空心树	007
野花	008
在历史博物馆	010
隐言	011
在若尔盖草原追着落日行走	012
晚风	014
相信	015
蜗牛简史	016
一场缓慢的雪	017

慢下来的一天	018
云朵的两面	019
可期	020
网络时代的手写情书	021
余晖与鸽子	022
荒野落日	023
生锈的火焰	024
一个人守着房子	025
清晨,草原上一只白鸟飞过	026
荷花晚霞	027
人来鸟不惊	028
夜归	029
黑夜·灯火	030
浮世片刻	031
雪夜	032
落叶欲望	033
抛向荒野的事物	034
牧羊人的欢喜	035
夏至日,遇雨	036
秋思寸心	037

来，跟我一起看日落	038
月光下的女人	039
过客	040
一些尖锐的事物落入梦里	041
短章	042
大雪过后	043
后来	044
多少时光已流走	045
阳光泡泡	046
想到石匠	047
沉寂与方向	048

第二辑　不会再有别的答案

我喜爱光中所有的事物	051
起雾了	052
北山梁	053
望山	054
雨空	055
飞蛾扑火	056
迁徙	057

寒夜内心	058
生鱼片	059
神意	060
一棵守望村庄的树	061
所剩无几的悲欢	062
影子	063
春夜吟	064
白露之晨	065
出庙记	066
大雨	067
镜像	068
母亲拔草	069
月圆之诗	070
山河点滴	071
宽容	072
眼前的灯火，头顶的星空	073
表达	074
沿着怒放的水仙向上	075
忧伤戛然而止	076
空酒瓶	077

葬我	078
被我遗忘，被我记起	079
月亮要圆了	080
草叶集	081
荒野	082
绝句	083
风雪日的出走	084
摇晃	085
再后来	086
旅途	087
春天，对一场大风的描述	088
慈悲和欲望	089
有花开花，有草长草	090
你怎么又哭了	091
不会再有别的答案	092

第三辑　西北的某个山坡

远去的冰排	095
红房子	096
总有一些事物在悄悄变化	097

草原上的红蜻蜓	098
立春前一日	099
孤独时刻	100
赐我以爱	101
寻找英雄	102
岁末饮	103
树的自白	104
西北的某个山坡	105
雕刻玉佛	106
滴答	107
人间清明	108
一点黑，一片白	109
仿佛时光只落到他一个人身上	110
苍茫书	111
凌乱的事物一再加深	112
等一个对春天动心的人	113
与墙无关的角度	114
秋风至此	115
怀某人	116
人间有忌	117
画板上的拯救	118

雨夜	119
秋风寄	120
破茧	121
在科尔沁，模仿一个弓箭手	122
月光下的影子	123
想念	124
青海湖	125
机器之心	127
故居旧事	128
动静	129
墓志铭	130
等一场雨，等一匹马	131
黄河的一部分	132
小于	133
请接受这悲惨的一切	134
星辰大海	136

第四辑　他看着世界，我看着他

那一刻，我们也开始变老了	141
独行的牦牛	142

一夜的忧伤化作草尖上的露珠	143
唤醒	144
返青	145
山中的路	146
断裂	147
只要一转身	148
傍晚	149
回家	150
自画像	151
老虎	152
俗世梵音	153
依然是光	154
消隐	155
堂前燕,夕阳斜	156
风过草原	157
秋又来	158
午安	159
空中的光	160
老房子	161
空空荡荡	162

在广庆寺	163
丧事	164
晚祷	165
非常白，有点凉	166
我的火车	167
树桩	168
与草木对视	169
昨夜暴风雪	170
寺院行记	171
他看着世界，我看着他	172
在胜雪的云堆里沉醉	173
冰清玉洁	174
悲伤一种	175
雷雨来临	176
收割过后	177
遇见一棵树	178
柔软下来的事物	179
失忆的不同版本	180
河流自述	181
弯月	182

黑暗使星光明亮　　　　183

孤独倒倾　　　　184

第五辑　所有的星星都曾为爱哭泣

在西北　　　　187

倒影　　　　188

一条鱼淹死在水中　　　　189

迎着风儿　　　　190

爱的河流　　　　191

冬季牧场　　　　192

所有的星星都曾为爱哭泣　　　　193

白昼的星星　　　　194

问题与答案　　　　195

北山：暮色中的家乡　　　　196

村里的空房子　　　　197

土里还乡　　　　198

落日、灰烬和亲人　　　　199

草民　　　　200

醒来的土地　　　　201

立春日　　　　202

仿佛	203
旷野一日	204
雪地之痕	205
风,一直吹	206
雨中	207
深信	208
秋天的草原河	209
雪中的麻雀	210
一株植物	211
日落草原	212
风与草地	213
惊蛰	214
眺望	215
巨大	216
大雪记	217
让我落泪的	218
山顶上	219
天籁	220
一树梨花	221
伐木人	222

在山下	223
枝头秘密	224
春日闪念	225
生活三段	226
孤独	227
你坐下来	228

第六辑　敦煌、麻雀和梦空间

敦煌，起初与过往	231
观察麻雀的十三种方式	238
梦空间	248

第一辑

抛向荒野的事物

炉 中 煤

先是黑色的,像从矿井里钻出来的脸
后是红色的,像醉酒的时候
因愤怒射出的目光
可那目光,终如落日
红到极致后,就是暗淡
有时炉膛一声脆响,火花迸裂
像杀人的话在胸腔里炸开
又被酒浇灭,而后打了一个无奈的嗝
摇晃着花白的头发,灰烬般
风一吹,所有的爱恨都散了

心底的事

我在心底一直藏着家乡的北山
不是蒿草藏着坟墓
不是老榆树藏着空巢
不是风里藏着呜咽
也不是雨里藏着闪电

……都不是

是那些黄沙发出的微光
是那些草生出来的每一个
鲜亮的春天,是——
一只羊咩咩地走出
我的黑夜,不会遭受饥饿和宰杀
它怕我孤独,陪我老去

对西北雪野的一次书写

雪野上的足迹构成深浅不一的词语
大一点儿的是形容词
深一点儿的是动词
小一点儿,浅一点儿的
还没有被填进字行间
尚未对这个冬天构成书写

我的呼吸微弱,在雪原上
无论怎么走,都像一个
错误插入的标点,不该停顿
发出问号,并进行感叹

北风是雪野上的一次深呼吸
让该有的平静升起,让
妄图篡改的私心,羞愧于
这茫茫无际的白,这冷峻下的不可表述

日 常

一把豆子落在白瓷碗里的
脆响,好听得一听再听
它们圆润,饱满,充盈
像精挑细选的日子
白瓷碗里的跳动,让我想到了
"撒豆成兵,斩草为马
纵横春光,万里荡荡无忧"
这春日的慵懒让人遐想
现在该做的事是把它们放进机器里
机器将发动一场风暴,豆子
也深谙人间烟火,赠我浆汁
我的女儿还小,捧来了
糖罐,她已经知道甜蜜的味道

空 心 树

把身体上的漏洞展示给你看
为的是告诉你,风只是取走了火焰
而并非我的命

有两股力量在我的躯体里较劲
一点一点地掏出去
又一点一点地生发出来
这哪里是什么返老还童啊
明明是不依不饶的折磨
却又让人甘于委身,以命相搏

其实生死只是一个圈套
越拉越紧,直到最后连根拔起

野 花

这盈手的野花,是高原上的
小女儿,独得偏爱
拥有了这么多种颜色

闯入的人啊
簪在头上,捧在胸口
远处的牛羊,低头不语
和野草一样对待

我选了一朵最小的
它藏在群草之中
因而仍保有细小的露珠
发出雪山一样的光辉

又在喊着出发了

夹杂在浩大的人群中
向着未知之旅前进
跟随人群，心生摇曳
也生光芒

在历史博物馆

最怕看到的是那一顶王冠
想到那些原本断了线的珠子被修复
用现代人的手和绳子穿连起来
就心生压抑和胆怯

最想看到的是一块蝴蝶的化石
看着它扇动着双翅
从时光的封闭中脱身飞出
解除牢狱之灾,怎么飞
飞到哪都行,哪怕是风暴的中心……

而我只看到一条锈迹斑斑的土枪
像爷爷死后扔掉的那根拐杖
当我俯身仔细看它
那没有了子弹的枪膛突然动了一下

隐 言

父亲的疼,隐于一次次的皱眉
大于疼痛的,是儿女的沉默
看不透生死,却习惯了久病
刚烈的人,也变得安分守己起来

他用假寐的姿势放倒疼痛
我们说的,他都听到了
没有剑拔弩张的顶撞,不再怒骂
和训斥,父权渐渐消失
有时想握着他的手,说些什么
却发现礼节竟大于了情感

剩余的午后时光,悄悄漫过来
房间里响起令人心安的鼾声
一直想知道这些年来,旁边的母亲
睡得怎么样,却终究没有开口

在若尔盖草原追着落日行走

走五里会看见黄沙
走十里会看见白骨和蛇

一直走——
就有了鹰的思想和翅膀

牧羊的扎西说,只有飞翔
才能看见后山的全貌

虎背一样的山脊
开着胆怯的花

因为芦苇白了又青
风才一直吹

落日酡红，最小的草也会发光
因为星星就要出现，我才一直追着走

晚　风

晚风是一阵太阳坠落时溅起的涟漪
黄昏推着它从人间漫过
在岔路口，两群羊相互拥挤
寒暄，仿佛老友重逢
一个牧羊人递过来烟头，另一个
把烟对着，并不说话
猩红的火点儿暗下去时
不用驱赶，不用划分
两群羊也不道别，各自向家走去
看不见蹚起的尘土，空气中
只传来晚风的味道
万物退掉了影子，对面的树上
已经看不清叶子的形状
也不知道鸟雀们都回家了没有

相 信

我相信月光的言辞,即使
它并不善于言辞
我相信过青春必将远逝
芳华,不再归来

我相信利刃上的寒光
促成冬日一场大雪
薄薄的云朵,如刀锋划过

我相信山峦的多重性
有坚硬的命运,也有柔软的
心肠,将岚雾揽入怀中

我相信头顶倾泻着年轻的光
从不怕,被我们一再消磨

蜗牛简史

我们在黄芩花上涂抹蓝色
大海熟知的蓝色涛声
秘密回到了一只蜗牛的身体里
像时间留下的预言

下一朵黄芩开放在黄昏
夜色吞没屋檐下的小兽
所有的美都被一场大雾所引诱
从一只蜗牛的眼睛里
万物,在密不可分的
光阴中,消失得无影无踪

一场缓慢的雪

这白色的事物,在接近童话的
地方,停顿了下来
就该是这茫茫然沉默的姿态
就该是这八千里的缓慢

更多屋脊,像一排排整齐的仿宋
并未因此分得更多的白
山顶上那些隐蔽的洞口
得到了一样的青睐,不为覆盖
只是降临——即使有风
也会有一粒,在草尖上站稳

慢下来的一天

老马开始跺蹄,伸长脖子嘶鸣
小马就会踏着黄昏如期而至
爷爷添完第一遍青草
月亮就淡淡地挂在了树梢
这是慢下来的一天
在这之前,小马来来回回出去了四次
它对外面的青草兴趣不大
想跟着所有新奇的事物回家

云朵靠在天边,便于被夕阳烧红
这时会有树叶沙沙作响
它们不会开花,只能模仿花开的声音
但狗叫才是主旋律,第一声起
全村的狗陆续跟上来
人间灯火亮起又熄灭
多么慢的一天,也很快就结束了

云朵的两面

一朵云,会不会和手中的白纸一样
有不一样的背面,会不会
充满了雨水或者更坚硬的东西
消散后,是不是一切就不曾存在过

想到此时,山风摇曳,草木纷乱
但云不动,低矮的尘世仿佛与它无关

翻转手中的纸页纸张,两面没什么不同
一样白,一样即将被涂抹的命运
还有因柔软而面临的毁坏

不同的是,云能因聚而怒
遮蔽光,又制造闪电,随时给这个世界
一点颜色看看。想到此时
山风又动,我也跟着摇晃起来

可 期

我看到了,但我说不出
只摸到被剃掉的胡须
一夜之间又长了出来
坚硬,逆手
一夜春雨过后,或破土而出
或隐忍不发,成为杂芜

"嘘……"谁都别出声
还世界静美如初
万物可期,我们
仍身处于最好的时代

网络时代的手写情书
——给妻子

在情话与表情符号迅猛的网络时代
我想手写一封信给你
起笔用上蝶恋花般的真挚
结尾用上醉东风般的柔情
而整封信的基调
则用清平乐般的快乐
全文不用行书
我怕情感花哨
不用草书,我怕思念潦草
只用正楷书写
一横一竖,一撇一捺
都做到问候规范,相思工整
最后我面含羞涩,封好信口
写下远方,家里明亮的地址
以及你温暖的名字

余晖与鸽子

每天这个时候
都会坐在二楼的窗口待一会儿
这一天中所剩无几的
时光,余晖落在对面的屋舍
落在院里的植物上
缓慢地移动,消失

你信吗,这些陈旧的事物看久了
总会有意外发现
刚刚看到一只鸽子
红红的眼睛
红红的羽毛
在屋檐上稍作停留之后
扑棱着翅膀飞入了晚霞

荒野落日

我不敢直视荒野中的落日
那命悬一线的孤绝
尽管它在缓慢的坠落中丝毫无损

晚霞中的飞鸟,下山的羊群
都有着温馨的古意,而我
面对人间的美却怀有一颗恐惧之心

榆树上的空巢折射着残雪冷光
像一句祷词:火焰是灰烬的
一部分,死亡则是新生者的外衣

生锈的火焰

没有一块铁不藏着火
也找不到不生锈的铁
暗暗生锈,慢慢消磨
铁最终成为土地中最硬的分子

一块铁,哪怕埋没在草丛
也拒绝成为一株草
在腐烂的过程中,在黑暗里
那些锈仍然会闪出火焰

多想成为一块铁啊
哪怕是棺椁上生锈的那根钉子
也可以稳住他或者她
匆匆忙忙的一生

一个人守着房子

一个人守着房子像守着自己
总有一些想法埋伏其中
等待突然的声响发出暗号

一个人守着空房子像守护你
曾经向往图书馆的时光
向往山中的小木屋
一个人心无旁骛地阅读
现在孤单有了，理想状态却不出现

一个人守着房子，与一个人
守着自己并不相同
像空旷的天空在等待小鸟飞过

清晨,草原上一只白鸟飞过

朝霞半天,烧得中年如此壮烈
一只白鸟飞起,一道闪电
击中内心,我终于明白
这一生为何一次次仰起头看它们
渐渐飞成一道白光

挽起裤管,让草的凉沁入内心
踢到一颗石子,它们翻了个身
进入另一丛草中安睡
每一片树叶上都有一滴夜露醒来
等风,等太阳,照亮天空

荷花晚霞

藏于荷花之下的晚霞
与这座城市静静对峙

荷花之上,还有另一种对峙
一丁点的微笑接近它

远处,有人独自观望
有人举着相机迟迟不肯按下快门

而我,也是藏于荷花之下的
一片乘虚而入的晚霞

人来鸟不惊

春暖花开,土地温润
鸟儿落下来翻滚
在天空中待得太久
它们也要接一下地气
然后恋爱,育子
和人类一样忙碌

这些乡下最平凡的鸟
没有婉转的歌声
飞翔的姿态也不优美
它们使你春日呆坐
看高天蓝澈,远山泛青,白云柔软
搅起了心底久违的活泛

夜 归

随着潮流涌动,这个眯着眼睛
站着睡觉的老男人,就是我
满世界都在低头寻找安慰
小说与新闻,和谐地藏在同一个屏幕里

黄河潮汐发生在大海般准时的朝暮
往西固走,往东岗走,往中山桥走
将自己藏在热闹的集市
一大片年轻的城市梦想中

时间总是不够,每一次汹涌奔流
都与早出晚归的太阳较劲
洄游的大马哈鱼从不喊出声来
只等待着春天,小小的鱼卵孵出柔软的目光

黑夜·灯火

一天奔波结束了,落日的去处
总有一片苍茫值得我们去眺望

那里是北方平原的最后一汪湖水
有几只水鸟,在晚风中
收拢翅膀,眯着眼睛
而今晚我并不想描述这些

夜空像一个偌大的吸盘
寂静的灯火,鸟群一样飞旋
黑夜包裹着这人间灯火
恰逢其时,我刚好也在其中

浮世片刻

工夫茶,谈时间的快
接下来我们谈论这一生
像山上流下来的活水
有多少汇入江河
又有多少抵达了幽境
还有一些化成这夏日的雨水
钟情于繁闹的人间
洗刷草木,墓地里的碑文
谈到此,你起身倒茶
把这命定之水从滚烫的壶里
救了出来

雪　夜

在白纸上写下：冷
雪花就在当夜落了下来
细碎，干净
一下子压住了呼呼的北风

楼群间的灯光变得更亮了
雪花像长了翅膀的萤虫
朝着温暖的灯光飞过去
它们飞过去干吗

这些都不是我关心的
早晨，我经过这里的时候
那些叫卖的小商贩
都去哪了？城市这么安静
天，又这么冷

落叶欲望

一片落叶没有终止
一棵树的欲望
它继续在腐烂中发光

哦,我多想活着时被众人敬仰
死后又被众人哀悼

我不停地向人群挥动手臂
告诉他们我还活着
我不停地向前奔跑
想告诉他们,我将死去

抛向荒野的事物

无非是那些落叶,年更岁久
一层又一层

无非是那些尸骨,祖祖辈辈
一处又一处

无非是那些种子,又要破土
一年又一年

风啊,雨;山川啊,河流
又被谁,一望而知

牧羊人的欢喜

汉语中的玉
被解释为剔透温润、有光泽的石头

牧羊人从指骨上取下玉环
他以为是宝贝
放在嘴边吹了又吹
笑眯眯的脸上
有着亲吻女人唇齿的欢喜

夏至日，遇雨

一阵快哉之风过境
飞鸟被吹翻入林
一场大雨来临，雨点
是小尺寸的战鼓
雷声，是大尺寸的马蹄
他们的重量
约等于这个中午的沉闷

雨水抽身而去，植物学会发光
虫鸣斑斓，这个夏天
绿得快要绷不住了
生长停不下来，喧闹
是一种脚步，寂静是另一种

秋思寸心

乌鸦脱下羽衣,黑夜降临
你披上它飞走了,飞得那么轻
这一生,这么沉
人间这场雨,你又错过了
积水如镜,天上的云
替你看了一遍;地上的风
会替你看另一遍
只有你知道,云有多么软
只有我清楚,风是那么凉

来,跟我一起看日落
　　——给女儿

如果时间是颗粒状的,落日是最大的一个
女儿小时候喜欢跟我要星星
而月亮是最近的一颗,和孩子一样
大人们也喜欢追逐遥远的事物

看过太多的日落,一生真快
女儿是一部童话,越长大越远离幻彩
这美丽的结局,我一再推辞
写下——等等吧,请再等一等

来,跟我一起再看一次日落
这身边大大的一颗星球,你已不再想要
独自走进晚风,草木弯曲
你也在其中摇晃,随时准备飞走

月光下的女人

月光下,戏中人甩动水袖
半遮颜面,绕台的鲜花
有色又有味,无一不像女人
幕中月已西沉
人间明月初满

月亮这个离我们最近的星辰
也是离世界最远的女人
一生羞涩,丰满,残缺
今夜平安,月光并不明亮
有云朵经过时,黑暗
向她的白发移动了寸许
刚刚好,与此生多么对称

过　客

多么亲切的午后阳光

冷暖适中，干净的人间

叫不出名字的异乡植物叶子红一半

青一半，分不清年龄

一阵风吹来，错落的影子

热烈地互相推搡

停下脚步，城市月光就涌了上来

一些尖锐的事物落入梦里

时间的缝隙里,一些尖锐的事物
落入我的梦里,每一下
仿佛都有破茧的冲动
清脆、蓬勃,直到清醒
看见晨光透过窗帘
斜斜洒在孩子和她妈妈熟睡的脸上
所有尖锐的事物都不再
落入时间缝隙、我的梦里

短　章

头顶半个月亮,讲一个
温暖完整的故事
趁着白雪压住寒凉

木门上,积雪安稳
轻轻弹落,佯装叩门
替月光来看看她

大雪过后

积雪压着旧事,田野
裸露坚挺的骨骼
在春风中现出忧伤的脸

一只野兔从上边跑过
它跑得那么快
究竟看到了什么

稻秧颓败,但仍看得见茬口
树上那只乌鸦
已经懒得再叫了

路上的两条车辙
像两行不可解读的诗
从村头伸向远方

后 来

……之后,能让我不肯舍弃的只有你了
请接受我的欣喜和悲伤
一个普通人的无能为力

和你独处,可以简单到
一清二白,落日下
像两个无言的孤儿

恍惚间,会把半截老榆树
看成夹起尾巴的狼
在久久的沉默中凝视四野

而草木依旧葱茏
墓碑掩没于其中
风一吹,飞出一只转世的流萤

多少时光已流走

隔着千山万水呼唤你

像骑在马上呼唤山背面的羊群

多少时光要流走

多少时光已流走

谁也挽留不住：临岸的轻舟不能

跨河的石桥不能

聪明人不能，善良人不能

卸下重负的远行者

偶有所悟，终也不能

阳光泡泡

阳光照在脸上,岁月不深不浅
有恰到好处的斑斓,让人心生温暖
他老了,常常禅坐
风过,也无一丝涟漪荡起
几个孩子在春天里跑过
吹起的泡泡,颜色那么好
他忍不住伸手,点破了一个

想到石匠

看到石佛

突然想到雕刻这尊佛的石匠

想到他死去多年

是否已转世成佛

想到他的子孙有没有为了糊口

继承这门手艺

为了把慈悲留在人间

而攀爬于悬崖之上

在石佛前跪下来的刹那

听到锤头敲击石壁

发出叮叮当当的声响

有一个人拎着锤头离开了喧嚷的人群

沉寂与方向

所有叫不出名字的花都被称为野花
混合着青草给每天以希望
给每一个正午耀眼的阳光以掩饰
大片大片的沉寂叫人不得不睁大双眼
坚决不肯继续沉默下去

你可以看见整片高原都是道路
整片高原通向东南西北
却不知道在沉寂的末尾
初露锋芒的石头
究竟能不能指向家的方向

白云在前方,蓝天的边缘
而麦地也在前方,现在
我们已经推断出前方关联着美好
只管向前,再不用寻找方向

第二辑

不会再有别的答案

我喜爱光中所有的事物

那些光鲜的,亮丽的,直白的
毫无遮掩的……是的
在流动的风中它们充满了热情
活着,是多么幸福的事

每天走在路上,敞着窗子
拨弄内心的那根琴弦
回应光中事物所发出来的呼应

就这样,藏好内心尖锐的疼痛
像一根钉入木头里的
钉子,慢慢生锈和消失

就这样,走下去,走到
你的秋天,因为有光
那些枝头的黑色果子也是甜的

起 雾 了

起雾了,白茫茫的一片
那些山,树木,村庄呢
风和鸟鸣呢
万物沉寂,在四顾无人中
我壮着胆子喊了一声
过了那么一小会儿
从雾气重重里有谁回了我一句
那声音破雾而出
像一块磁铁奔向另一块磁铁

北 山 梁

落日在北山梁的荒草间慢慢沉寂
牧羊人的喊声越来越小
黑夜压下来，空谷中
似有潜伏的暗流汩汩而出

此刻，我的注意力
只限于老榆树上的一只鹰
它收拢翅膀，眼神忧伤
被它征服的天空现出令人惊异的危机

望　山

感觉到你的名字正进入一个
敞开的、温暖的房间
感觉到每分钟七八十次的心跳
三千公里外,涤荡了一路尘埃的细流
回到眼前雪峰,纯洁
耀眼,离天空更近
更接近神,而你和我
不知不觉穿越了神的感知

雨　空

在这个数字化的时代

传递悲伤的信笺也如此迅猛

接到母亲住院的电话

空中的雨似乎明白了

什么是秋叶簌簌落下

什么是凛冬将至

城市的泪腺已如干枯的河流

此刻却浸泡在泪水里

无人能止，爱也无能

这样的天气说不上是好

还是坏。父亲早已在天堂的火车上

村庄还一直原地苦苦等候

飞蛾扑火

菩萨拈花而笑,仿佛世间无难事
殿内冷清沉寂,飞蛾
在佛像周围绕行
如果夜间月光黯淡
我确信它们会扑向跃动的烛火

迁 徙

石头和石头看起来都差不多

其实你不知道的是

它们有的心怀火焰

有的暗藏雨水,我知道

这片土地不产石头

又是什么让这么坚硬的家伙

动了迁徙的念头

既不说来自哪里

也不说出要去到哪里

寒夜内心

大雪将至,寒风呼啸
你围炉,在一本书中避世
外面已经茫茫狂乱
书中寂静,稳坐如石
文字躁动起来,书中人的命运包围了你
不安的,还有壶中的沸水

茶已凉,茶叶退回杯底
书中人回到自己的命运
你回到风雪的世界
炉火暗淡下去,光阴暗淡下去
你看起来仍是那么平静
不知何时,风雪也退回了寒夜的内心

生 鱼 片

吃生鱼片的诗人谈着
三文鱼的价格
谈着它的口感和营养

唯独没有谈与生命有关的水
及一双死不瞑目的鱼眼

神　意

菩萨的画像,孩子般大小
孩子擦了擦鼻涕
又去擦菩萨的慈眉善目
女人不出声,也不制止,只是微笑
两个都是她心里的神
一个老一些,一个小一点儿

一棵守望村庄的树

它太老了,站着站着就老了
我想安慰它,拍了拍它的身子
斑驳的碎屑随之剥落
蚁噬的疤痕因久远而发红
弯曲密布,像古老的蝌蚪文
只有风读得懂,即便
因枝叶稀疏而无法发出喧哗
至少能让寂寥的心有了春天的回响
它选择站着老去
老去的故事里养过一群鸟
守望的村庄里养着一群
多年以前和多年以后的我们

所剩无几的悲欢

桌子是圆的,我们仍可以各据一角

窗上雨痕纵横,分叉,融合

酒珠则安稳地挂于杯壁

鱼嘴张大,用力呼喊的样子

疼痛已然过去,只剩下一个喑哑的旋涡

吸走桌上的谈话声

雨季里,我们都知道

从前的命运已经发潮

剩下的部分前途未卜

风声越来越紧,所剩无几的悲欢

被墙上的日历翻来覆去

场面突然陷入安静

而如此安静的相逢也已所剩无多

影 子

平静的湖水下，它还原自己真实的
一生，暗藏风暴，悬崖
给你看见的是微小的波纹
却足够打乱你的生活
当你从沉思中惊讶地
抬起头来，有什么正从中间穿过
向远方而去，我们各自
回到了自己的阴影之中

春 夜 吟

宽阔而没有来由的感伤来自
夜幕,星群密集
一闪一闪,耗费着光明
夜鸟的鸣叫呈现出忧伤的弧度
如果你大声惊呼
它会噤声,但并不飞走

年年春风,江湖生出波澜
像内心的反向蜷缩
此时好像只剩下感伤了
一说出口,连感伤
也不见了,我所在意的春天
回应我以无言的回应

白露之晨

秋日尚未衰败,双生的牵牛
开出两色,一种是
惹人喜欢的,另一种
是让人欢喜的
它们紧紧抱住玉米,一阵风吹来
轻轻地晃,白露附而不坠
像我幼时趴在父亲背上
回家,夜晚有月无风
长长的一段路被父亲晃成了人间的床
醒来,已是中年无梦

出 庙 记

一个信佛,另一个信得更虔诚
想把自己点成
一炷照亮庙宇的香火

人潮退去,经声退去
大门在夜色中合上
将人间无声地关在外面

就这样,我扔下一座庙宇
像一尾被放生的鱼
再次游进了滚滚红尘

大 雨

闪电,为雷声指出一条道路
几秒后抵达耳畔
我不会发光,喑哑已久
身体干涸,亟须一场雨的飞临
植物一般站立,在风中摇晃
有着大地的信仰
把手指向天,翻滚的乌云里
会有一道闪电与我对接
雨水之光擦亮我的不安
在雷声的鼓点中狂奔,越来越快
快到把世界擦亮
先于一道道闪电照亮自己

镜 像

灵魂穿过木结构的朴实
土地的温润,升于天空
生前艰难而缓慢,如今
轻于万物,一朵云上保持平衡
这一切,你是看不见的

能看见的是子孙们屈膝
叩首,有人混迹于市井
有人饱读诗书,有人高官厚禄
听先生的祭词时,都
寂然不动,没有什么不同

一种人间镜像,与生者对称
与所有的死亡构成掎角之势

母亲拔草

那些年,我漂泊在外
母亲在园子里拔草
听到邻家孩子归来的呼唤声
错手拔掉了一棵秧苗

"再也插不回去了!"
望着多出的一个坑
沉默的母亲,叹息良久

后来我回到家乡,更大的坑里
埋下父亲,杂草
从坟头冒出来,它们
不停摇晃,仿佛在向母亲招手

月圆之诗

它一定是先吸了一口地气
才发出这样纯粹的光芒

楼上灯光和路边树影都消失了
整个大地像一座寂静的庙堂

今日真好,天边离我这么近
心中所念,连菩萨都听得见

山河点滴

人世苍茫掩于大雪苍茫
山河庞大,在细小的抚慰中沉睡
草木身披落雪,迎风摇摆
只有最轻、最无念的部分
能在它们身上站稳
雪霁后,白云不飞,说不尽
单纯之善,朴素之美
谁先在这纯粹的世上
留下印迹,谁就是万物的敌人

宽　容

风收云，一会儿紧，一会儿松
早上飞出去的云彩
有一半仍然不愿意回来
躲在山坡的那一边
夕阳隐去，彤云汹涌
宿命，如此壮阔

世界太热闹，我们缩回头
和时光暗暗呼应，风吹不动星光
萤火，索性躺下来
让影子回到体内
和一棵树的影子搭成十字

眼前的灯火,头顶的星空

房屋弃置,荒草乱生,看山人已去
没有花香,山中的树不厌风
蜜蜂不厌花间往返
养蜂人,满足于四壁和屋顶的云

落日苍茫之时下山,万籁寂静
谢绝了养蜂人的马灯,新月如影随形
流水不厌逝,夜色不厌深
我满足于眼前的灯火,头顶的星空

表　达

为了表达，我说天空
像一块布，大地像一个婴儿
为了表达，我写下群鸟
扑棱棱飞向天空
它们带着风，直到无影无踪

"要抵达的地方太远了"
以至于婴儿也要用尽哭声

沿着怒放的水仙向上

沿着怒放的水仙向上
找到与爱和被爱相关的词语
清香,来自叶片而非花朵

欢愉的起点顺流而下
储存起独行的动力
不动声色地满足你深处的愿望

沿着怒放的水仙到达冬季
露水多凉啊,爱人
该到我怀里拥抱取暖了

忧伤戛然而止

羊群扫过每一片草坡
细致地将草的五茎叶片
从根部一一啃食
它们低头一次,又低头一次
咬合,扯动
咀嚼,吞咽
千百年来动作不变

放眼望去,迎风而立的旷野
一大片白云缓慢飘移
低头的青草侧身让过
露出了整个西北的空空荡荡

空 酒 瓶

清空酒瓶里最后一滴酒,我已微醺
眼前的一切,熟悉,迷离

月影婆娑,今晚
我拿什么填补夜色中的沙漏

空酒瓶掷地无声,是谁往里面
灌入花影、泥沙和火焰

迈上最后一个台阶,推开虚掩的门扉
空寂的家园在月光下等待

我怀抱愁绪摔倒在寒凉之中
犹如这个刚被抛弃的空酒瓶

葬 我

葬我于天空之下,大地之上
请拔海子麦地里
芒刺最尖的那一束
放置于我的心口

请植一株常青的藤
顺着我的骨骼生长

请不要让我的坟冢
高于大地,我不想占据天空的位置

如果必须要有一块墓碑
请植一棵
石头烂了成沙
死后千年不倒的胡杨

被我遗忘,被我记起

我搭乘流水,盘点落花
与敌人握手,将伤口里的盐轻轻抹去
痛与不痛已无关紧要

没有一列火车驮来春天和鸟鸣
城门外贴满缉拿青春的
告示,我却迷恋秋风和落日

在黑夜里对着星空思索
一些人离去,另一些人
总在被我遗忘的时候又被我记起

月亮要圆了

待我一饮而尽
待我摔杯为令
雪就会落下来
月光就会铺开
而远山高大,黑色难消
依旧魅影丛丛

月亮差一点就圆了
我牵马,备鞍
穿盔挂甲,扬长而去

草 叶 集

我们抒写草原时罗列了
蒙古马,胡枝子
蓝色的蝴蝶和狗尾巴草

我们忽略了,雨也是草原上的事物
有时向稠密的花朵倾斜
有时向稀疏的花朵倾斜

我们还忽略了蜘蛛和蜘蛛网
它们在等待一个诗人
路过并将它们写入一首诗中

荒　野

荒野多么幸福,只有天空和大地
中间没有所谓的人类
清风和光在升起和落下
剩下的云有五朵
三朵在变淡,两朵变浓
其他的都隐入植物的
内心,鼾声被覆盖
鸣声和翅膀跟着太阳
落向了那无人触及的地方

绝　句

我们和草木一样,身披落日的黄金
不同的是,我们迎风站立
它们顺风摇摆——草木的寂寞天生轻盈
我们的孤独重于压弯草尖的清霜

风雪日的出走

起风了,大风嚼着乌云和雪花
吐向人间。在背风处
落地的事物了无痕迹
细听,却有呼应天空的回响
我向天空大喊,没有声音传回来
体内的另一个自己走远了
不过别担心,天黑之前
他一定会回来,顶着大风和雪花
就算没有前人可盲从
就算命运起伏到天上
也终会落下来,归于原位

摇 晃

星群也是摇晃的,世间缺少稳固的事物
这样的夜晚,我们该去向哪里
我们在风中摇晃,以此证明大地之上
风,将分担我们的一部分命运

当那颗星移到命运的穹顶
微弱的光,使我们看起来相隔并不遥远
空旷幽暗中,我们的声音
走得太远,回音被星空吸走
花在暗处开放,一如你的
叙述,流星划过时被修改成一声叹息

再 后 来

后来,我有微小的害怕
昨夜的月亮那么大,那么亮
想和你促膝长谈的人
就坐在你的对面
不像月亮那么亮,小到难以察觉
再后来,浮云让黑夜
露出褶皱,星星
吸足了人间的秘密
我的一个亲人也投身其中
他一生曾那么匆忙
现在有时间了,就来到头顶
给我余生的安慰

旅 途

你上车,坐在预订的座位
不知道刚刚离去的那个人是谁
又有着怎样的命运
你覆盖了他缺席后的印迹
漫无边际的黑夜汹涌
你进入了睡眠,浑然不觉
沿途发生了什么
从故乡到异乡,此去
钢铁疾驰,流星一样
你静止,蝴蝶一般
而另一个手握这个座位号码的人
已等候在你即将下车的站台

春天,对一场大风的描述

不用做任何猜想,亦无话可说
看到它时,它在天上我在地下
听到它时,白天是肉体的嚣叫和愤怒
夜晚是灵魂拨动之音
一场大风是坚硬的,尔后
它会让一些更坚硬的事物变得松动
在北方,一场大风是永恒的
它不会消失,只会慢下来
命运的辽阔被触及
这时一旦我猜测它的源头
和最终归宿,便感觉到
那些轰鸣,一直在我的体内盘旋

慈悲和欲望

我爱着这世上三件东西
和尚敲打的木鱼
草丛里潜伏的蛇和女人白皙的脸

因为爱,我时常担心
木鱼终有一日会被敲破
蛇会死在草丛里
而最不想看见的是女人的泪水
从她的眼角纹流到脸颊

这一切会令我束手无策
可我无法放弃
因为我心藏慈悲和无休止的欲望

有花开花,有草长草

年事已高的风水先生
凭记忆指出旧坟地的位置
他们离去多年,现在
植松种柏,修葺一新
墓碑由黑色大理石做成
阳光下,祖先的名字熠熠生辉

众人忙前忙后,有说有笑
周围那些无人问津的坟茔
有花的还在开花
有草的仍旧在长草

你怎么又哭了

我相信月光可以还魂

旷野上那些尸骨,月亮下发光

也发出哀号

我学着他们的样子

躺在那条河的岸边

在月光下喊她的名字

喊一声,水里就有人应一声

如果月光再亮一点

我的喊声再大一点

这个前世的小冤家

是不是就可以爬出水面

贴着我的脸颊,娇声细语地说一句

你怎么又哭了

不会再有别的答案

从快餐店出来
爬过一个小坡,向公交站
走去。城市盛大而空旷
每一个站牌都像一个乡邻
提着一束昏黄的灯光
我跳上公交车前往
肉体的栖所,而非灵魂的
归宿,我在想另一种可能
假如此刻跳下车,混入
茫茫人海,人生是否
还有另一种结果
最后的夕阳染红江水
而黑夜即将来临
不会再有别的答案了
无论如何,我将独自消融在
拥挤的陌生的人群中

第三辑

西北的某个山坡

远去的冰排

每一年春天我都会站在岸边
和风一起等着河开

看那些碎裂的骨头
自由地流经这个隐秘的春天
流经我的梦境

一字排开的苍凉啊
我拿什么将你的苦痛一一认领
又该怎样解读你的生死

红 房 子

物比人的生命长。但也不是
绝对的——比如大学羽毛球场边的
红房子。那些清晨开窗的
女学生,像空中飘浮的雾气
多少即兴或理性的青春
在被雨水熏黑的瓦片下蒸发
一棵棵紫罗兰逝去
正如被推翻重建的红房子
他想走回去,再次走进那隐晦
却明亮的房间,斑驳的墙上
有一只风筝,有一个
晴朗的午后,那小小的胸部
像一棵青涩的草莓
他知道,永远不可能找回了

总有一些事物在悄悄变化

总有一些事物在悄悄变化

变薄的雪和花香,变少的情和星光

一心赶路的人不回头

就发现不了它,黑夜里

只有不曾失忆的人

才能惊觉固有的版图已经改变

草原上的红蜻蜓

红蜻蜓低飞,与我的双眉平齐
与远处的白云平齐
后来落于草尖上,压住了
悸动的风,迫使你低头
一双大眼睛,让人感受到
一种来自远古的凝视
曾经也是这样一双薄翅
一片辽阔的草海,人类尚未抵达
宁静在它们之间升起落下
人间拥挤,我们一再说出
辽阔,远不及红蜻蜓对一株草的青睐
对原野渺小而无声的告白

立春前一日

再有一日,我就可以
随意地使用温暖这个词来形容
那个山中打柴的人——
他摘下棉帽,头顶的热气
像暖流清晰可见

北风在前一日夜里停了
仿佛为了给春日留一个安静的黎明
季节交替,彼此握一下手
春水的方向就改变了

其实,最先使用温暖这个词的
是一只鸟儿,它婉转地
唱给了窗前站立的那个病人

孤独时刻

时光就这样被暮色劫持
牛羊成群地跑回村庄
大地犹如刚散去的晚宴空旷而寂寥

孤独越聚越多,像薄雾将我包围
像一匹马找寻月光路径
像小时候远处升起的炊烟

赐我以爱

现在就像铺展开的星球
时空同时进来,九月和三月交颈默立
我忍痛俯身,捡拾落花
赐我以爱,流布尘世每个角落

寻找英雄

这一夜,我在纸上请出月光
无边无际的月光,背景宏大
即便如此,人物仍迟迟不肯出场
我想写下一个英雄
但纸上围观的目光太锋利
英雄喜欢独行,现在他要出场了
因为暗,不易被人看清面目
他不断向前,你无端后退
怎么也走不近,突然睁开眼
没把握确定自己是否睡着过
有把握确定的是,一些东西终会被点亮

岁 末 饮

新年第一件事,左手握住右手

抖两下,给自己一个问候

敢于吊儿郎当地过街,指着自己的影子

谈一些似是而非的问题

来一场大醉,却无人知晓

用酒嗝对人世指指点点

尚无胆量辞了饭碗

且不如趁新阳照着这身旧皮囊时

大睡一场,梦里高僧参禅

谈情,与这人间并无二致

醒来时,落日惨叫一声,一头栽了下去

树的自白

多年来,一直站在同一个地方
有过那么多兄弟,村头两棵
村外,绵延数里
只是现在,很多都离开了
有的做了砧板,日日与刀锋为敌
有的做了棺椁,漆一身新衣
装一个用旧了的身体
还有的,直接被填进灶口
高过屋顶,散作浮云

故乡土地松动,它也力不从心
内心的年轮竟无法旋紧
松开了鸟雀,抱不紧风雨
有时候,月光整片整片地漏下去
躲在绿荫里,提斧的人
远走他乡,锋利的事物竟有了莫名的欢欣

西北的某个山坡

把自己逼近荒芜的草地

思念乘着翅膀飞来

枝头上,火焰在燃烧

一只麻雀忘我地飞过

我的痛被一条日渐干枯的河流牵动

生根发芽,像一棵树

在西北的某个山坡

没有人知道,它已存活了多少年

深扎在泥土中的根茎

被虫蛀或剥蚀

当我再一次注视

被风吹断的枝干

那一刻,我仿佛看到了自己

雕刻玉佛

雕刻玉佛的人不说话

手里捏着一块白玉

左一刀,右一刀

剔除佛脸上的皱纹

眼中的泪水。想起一生雕过的佛

都断了红尘,他

心生忏悔,仿佛雕佛并非

传善,而等同于杀生

滴 答

檐上有雨,檐下有废旧的铁器
世界被割脉,一滴一滴
砸进沉闷的雨夜
该死的世界,却怎么也死不掉
滴答……滴答……
这一夜,几次想起身动一动它
终究忍住了,无边的死寂里
一滴和另一滴的罅隙
声音有无比的渴望
雨势渐颓,声音愈加清晰
有风时,连续的两滴声响
是替我向这个世界追加了一次叩问

人间清明

还是要亲自去一次
走不动了,一去就是半个时辰
新坟周围生出新草
真的走不动了
回来的路上多用了半个时辰
去时回忆了前半生
回来的路上想完了
后半生,从墓地到人间
这一生多么短啊
这清明的天啊,难得晴了一次

一点黑,一片白

雪中的乌鸦,怎能看成是人间的污点

明明是茫茫里的几点怒斥

震惊和醒悟:一点,两点……

如果你数,山河万里

如果你选择向前跨出一步

看出苍白人间埋得有多深

一个乌鸦般的旁观者,腾空而起

秃枝荒草安静,你逆风顶雪

喉舌鲜红,发出尖叫

黑夜终于到来,一切

恢复了秩序,白归于静谧的黑

你从天上落下,怀着

谦卑的心,使倾斜的世界得到平衡

仿佛时光只落到他一个人身上

晚上打打牌,白天去市场剁剁肉
仿佛生活从来就是如此
当你看到他满脸胡楂
站在案板后面,手里拎着刀
嘴里叼着一根烟出神时
仿佛时光静止,只落到
他一个人身上,仿佛生活会一直这样下去

苍 茫 书

抵达秋天的路,没有几种走法
不外乎白露银霜,加
一万种苍茫
云朵蓬松,慈祥得像个菩萨
风吹过空心的胫骨
替秋天的苍和茫发出尖叫或低鸣

蚂蚁爬上秤盘,头顶的触须
像指针一样微微动了动
一条小命,并不知道什么正在发生
我们各有秋天
它的城池在我的屋檐之下
人间寒凉已深,你我皆请保重

凌乱的事物一再加深

秋雨已至,万物颤抖
幸好我的骨头经得起风吹
阴云正在散开
裂缝漏下来一道天光

我加快脚步,太阳如果落下
那些阴影就会回到体内
当年的暮色与现在的暮色就会重叠
让凌乱的事物一再加深

等一个对春天动心的人

万物保持着它们该有的样子
冷寂而有序,我的身体
现在不足以掏出一场温暖
从远山荒冷到心头寒凉
连坏脾气都瑟缩一隅,不肯出声

雪的日子,过得小心翼翼
有时使劲按住自己的影子
山河弯曲,万物呈现出贴心的弧度
留在风里的梦就让它散去吧
留在土里的,可以
等一个对春天动心的人

与墙无关的角度

每一次都像看一场旧日电影
小雨沉寂,草坪上的野花
在瞬间绽放,随后
阳光从云隙投向世界

他起身,他想迎上去
他每次都忍住了泪水

风吹走一部分,雨拿走一部分
像所剩无几的时光
他就这样坐在石阶上
每天面对着这样一堵墙

墙上的泥巴不停脱落
而墙的另一面,就是繁华街区

秋风至此

秋风至此,已没有了西北的脾气
不急不躁,轻言细语
但秋风仍是秋风,所有的风
都如出一辙,把更多事物
吹散,聚拢。吹开更多的阴影
把深陷其中的明亮拽出来

我想在塬上迎着秋风跑
追赶云头上神的脚步
后来云散了,天空生出一万顷的蓝
我已经停不下来,世界
打开了坦途,万物都在脚下

怀某人

一只鸟顺着风飞走,一个人
提酒而来,默默对饮
让你想不起来天地间
还有其他事物的存在

仿佛说了很多,又似乎一字未吐
临别,目力所及
唯有茫茫的风雪
在天地间一阵阵倾斜

人间有忌

村子东头的老榆树
活过了五百年

聚在树下的女人
谈生儿育女,谈绯闻
但不能谈死亡

一谈到死亡
就会有树叶落下来
就会有冷风吹过

画板上的拯救

她带着两个学生,背着画板
从两百公里外赶到北山梁
为了画一头野兽

她在画板上画好青山轮廓
又画了蒿草和树林
她告诉学生,在这里
虚构一头野兽可以拯救她的故乡

落日西沉,羊群下山
金色的夕阳在扬起的尘土中
貌似野兽的毛发,于是
她在画板上画了一头躬身而起的狮子

雨 夜

读书,读到第一百页时
窗外下起了雨
与书中所描述的一样
天空阴合,几个人
正在突破敌方的火线
我关了温暖的灯光
静静地听着被挡在窗外的雨
它们穿过黑夜
子弹一样打在玻璃上

秋 风 寄

吹落的树叶是一样的
吹白的芦苇是一样的

我藉此相信,这些年的秋风
在北山梁的每一处
都做好了记号

蚂蚁也好,蚂蚱也罢
早早地失去了反抗
而我,一个人
曾经躲在玉米地里久久哭泣

破 茧

深呼吸,把雨后的泥土味吸进来
吸进残余的生命
或许会开出好看的花

雀鸟啁啾,柳树下适合打坐的人
在凉爽的绿荫里寻找什么
这样的日子适合破茧
一次又一次拉出体内的丝

打开晚霞明月里的写意
打开黑夜中的纠缠
打开一匹马的高亢嘶鸣
最后,用一朵惊人的刺青再次覆盖

在科尔沁,模仿一个弓箭手

在科尔沁草原拉开弓箭
要使出全身的力量
目视前方,仍呼吸变得沉重起来

黄色波纹木靶代替了猎物
矮一点的靶子被狗尾巴草掩没了
风一吹,露出半个脑袋

他迟迟拉不开沉重的弓箭
有人模仿弓箭手
就有人模仿丢失已久的猎物

月光下的影子

月光是天上最忧伤的
颜色,每一次它看我
我都会把自己最黑暗的一部分
从身体中剥离出来
仔细打磨
并保持不可变更的样子

想 念

这个世界总有些东西让我想念
譬如落叶,河流,陌生人的眼神
但还是让我忘记那些风中飘荡的记忆吧
遥远的门窗,说不出口的想念
一双眼睛需要承受太多的无言以对
那些在脑海中闪现的画面
晾在竹竿上,等到太阳重新照耀时
淡淡的想念便化作无数珍珠
我到底失落了什么
想念还在继续,占据太多空间
在黑夜里,一切都在失去
如果我的想念在黑夜里越积越多

青 海 湖

先惊于她岸边的沙之粗犷
后沉溺于她的蓝,不肯自拔
更醉于山上的一抹雪顶
那是一种上古的、轻盈的语言

这里离天很近,湖面上泛起鳞状的经文
掬起一捧,刹那间一股火焰
穿过身体,涤荡灵魂
这澄澈孕育盐,析出海的青

在岸边的石头上端坐
听见内里时光的走动
风的走向,海的纹路
从遥远的昆仑赶来,带着神话的光芒

湖水醒来,四千多平方公里的明快

呈给人间:草原,雪山

喇嘛们金色的献词,汇成有序之流

每一滴都归于青海湖的蓝

机器之心

射灯目露凶光,照耀下的厂房
像巨大的蚁穴,一场浩大的繁忙
在人间也瘦成一股细流
他们从遥远的植物退到生产线
再退,只能变成一块铁
他们还不想被按在这里
被机器制成另一种机器
所以,有时候植物也会退回到他们梦中

故居旧事

旧事一闪而过,啪的一声
掉在地上,惊起一阵浮尘
光线也跟着四散开来
胸口潮水涌动,坐在椅子上
安静下来,人也疲了
晨光下的房子像一块安静的石头
风在窗外踮起脚尖走过
这木椅,昨日的体温犹在
细细抚摸,露出了清晰的纹理

动　静

在午后的安稳里假寐
斑驳的光影从靠树木的一侧斜移
给波澜不惊的内心少许变化

树叶落在脸上是有重量的
花香飘过鼻尖是有温度的
像一朵心中的云曾经美过湖泊的眸子

墓 志 铭

不需要棺椁,不穿寿衣
赤裸裸地来
就赤裸裸地走吧

不需要立碑
我不想人死了,名字还留在人间
让爱恨无法终结

更不要挤进公墓
那里嘈杂依旧
死了还要按职务贫富排队

就埋回祖坟吧
安于双亲身旁
只有他们在意我曾来到这个世上

等一场雨,等一匹马

等一场雨熄灭黄昏和黑夜里的灯盏
等一匹马吼出故乡的等待
等时光转过身来,对我说
站在原地吧,有人要盗走你的灵魂

雨锁在梦里,月光铺满大地
举子们手持诗歌呐喊
有人奔跑,惊飞落叶
有人自立为王,藏起内心的豹纹

身体的裂缝容得下一万亩
孤独,我一次次退入森林
退入黑夜,像倒行逆施的小溪
再也无法汇入大海

黄河的一部分

多么珍贵的一场雨水
它们组成黄河磅礴的一部分
一个人怀念起这一切
便不自觉地感到欣然
仿佛一个牧民看到了草木发芽

小 于

你画下的蝴蝶翅膀翕动
为了留住她,又画了五六七八朵寂静
白纸上阳光灿烂
可我更喜欢浩瀚的星空
亿万颗寂静小于人间的孤独
天亮后,蝴蝶飞走了
纸面,回到最初的洁白

请接受这悲惨的一切

墙上的花,一夜之间
无情地白了
这冰冷的判决,这潮湿的眼窝
请接受这悲惨的
一切,我的朋友

蹲在枯枝上的乌鸦
披着黑色的长袍,动作
魔术师一样优雅
请忘却这一日的
罪恶,我的朋友

空中大雁不是舞者
是模特,它们表演完美
鸣叫又如此绝望

请不要指责这虚假的
世界,我的朋友

北风还在吹,草木继续枯黄
爱的火焰很快就会
在记忆中消失
请忘记这九月所发生的
一切,我的朋友

——包括最后一道闪电

星辰大海

它们在天空中占据自己的位置

却被人类命名,并归纳

使其对应山脉、河流

进而对应自己的命运

它们飘浮,却位置恒定

有风吹来时,它们能

一起摇晃整个天幕,仿佛谁的命运

正在改变,如果有一颗滑落

有人会一惊,一怒

一喜或一悲

我在体内修炼五行,掌控情绪

有旺盛,有不足

如星辰般,在体内运行

又不为人知,生来一直在那里
仿佛命运早已被注定

第四辑

他看着世界，我看着他

那一刻,我们也开始变老了

这人间的月亮暖得像灯火

跟它说话,独得了一份清辉

不喝,也要摆两杯茶

只看热气缭绕而逝

有一个人要来,值得静静等待

凉了就换杯热的,听水声

悦耳入心,整个世界在变淡

种下的花好久都不开

只看看叶子也好,掉了一片

埋进土里,余生,就是慢慢地来

独行的牦牛

高原上,一切都在抵消尖锐
牦牛亲吻了草地
河水拐弯,激起浪花
草地四周,风一遍遍地过

我忍不住把它想成一棵树
如果没有风,它应该
根植于草原腹地
但它正在靠近,让我觉得
一棵树是可以移动的
那么多风雪,被它们赶到了雪山之上

我无法看到它湖水般的眼睛
两角之间,刚好
一座雪山耸立:在高原上
没有尖锐,一切从从容容

一夜的忧伤化作草尖上的露珠

总想着能够在黑夜中
突然醒来,那个忧伤孤独的我
破窗而出,奔向天空
然后深情回望,审视
那印有玉兰花的白纱窗帘
也在晨风中醒来,震颤
……有人撤离了木梯
草尖上的露珠一边闪亮一边生长
被早读的人们悄然收走

唤 醒

清浅的水流经过那些彩色的石头
分辨不出它们之间的关系

它们就这样在山谷深处,在花草的围拢中
完成一种不为人知的摩擦和浸润

水是从山上来的,看不到源头
山顶的寺庙在暮色中传来钟声

"你看水流变缓,石头的
颜色,又在加深了几分。"

他们,正在努力成为一种可能
——不计时间,直到相互唤醒

返 青

村庄以北,鸟鸣空山
所有的叶片都试探着走进
老树年轮深处的寂寞

你的目光沿着茎脉攀爬
太多的念想如空中散落的羽毛
锁住了谷物不变的气息

山中的路

顺着山路爬过山坡
是一片树林
绿色的叶子里藏着好听的鸟鸣

蹲下看到成群的蚂蚁
只要愿意插草为香
就可以和它们结拜兄弟

这里还有一条溪流
常年流淌,说不定
是一条大河的源头

山路尽头一片坟茔
不必害怕,一个村子里住过的
都是我们的亲人

断 裂

花非花，雾水浸泡在月光中
从村庄走出的人一路奔波
顺着山路跑向远方
他们在心里默数散落的谷粒
以及天上的繁星
路在脚下发出咯咯声响
或许明天，他们又回到村庄
行李上沾满了灰尘
一颗漂泊的心稍作停留
远行的念想又将在夜色中启程

只要一转身

此时,没有谁可以解读我
泪水中的绝望
万物低垂
我只是一株风中的蒿草

从苦难中来,尘土
掩埋了身后的足迹

而一说到花开,说到溪水
我就会想到草原
想到马背
想到你策马而过的身影
想到美酒与歌声

多好啊,只要一转身
所有的忧伤与绝望都可视而不见

傍　晚

有诗人把落日
喻成徐悲鸿的第九匹马
挣脱了缰绳

我很好奇,每天都会
绕过村庄以北的林子
站在高处看山那边的牧场

看一匹马踏破青山
如何驰骋
如何嘶鸣

夜色可以忽略不计
一个人的想象已经跨上马背
闯入另一个人的梦境

回　家

雨滴在体内睡去
鸟儿在空中失足

旷古之夜，时间斑驳于钟楼
和挡风玻璃之外，我
身子前倾，迎向盐的河流

自 画 像

目光自乌云后流出,刺穿黑夜
青草在呼吸,头颅深埋大地
要擦掉多少灰烬才能感觉到火焰的温度
黑夜中,我取不出镜子中的脸

远方很远,我只是我的一部分
隐藏在一首诗的最后
左手握紧李白的豪放
右手却散落了唐寅的一世悲凉

老　虎

大风吹彻，众草匍匐
露出虎背和斑纹

孤独箭一样射出去
比虎跃还快了几分

俗世梵音

正午时光,铁器在撞击
像庙宇里的钟声
一下轻,一下重……

人群之外,我们从未孤绝
空旷被越推越远
空旷被刻进石头内部

请原谅我将喧嚣的俗世
类比清静的梵音
像求爱者最后时刻学会了去爱

依然是光

秋风来时,空虚塞满鸟巢
十万寒鸦飞向天空一隅
像一块黑色的阴云
从苍茫的骨缝中穿过
带走空虚,迸发出耀眼的光芒

消　隐

风凉下来，落叶铺满地面
一些时光如烟散去
一个身影在黑夜中越走越远
没有留下任何痕迹
一缕风进入土地，它的凄凉
只有它自己知道
黑夜中，很多的身影一拥而去
成熟的稻穗，仿佛一盏灯
亮在故乡的田埂上
存留着独特的油盐味
风一遍一遍地吹，吹落季节和容颜
最终，归于一块沉默的石头

堂前燕,夕阳斜

夕阳斜进窄巷,寻常百姓家
挑水的忙于挑水
烧饭的正把炊烟一再拔高

多少年过去了,这一刻
只有虫鸣和草木
还在没有燕子的堂前享受夕光

风过草原

风把草原吹成荡漾,吹成寂寞
吹成欲言又止。躺下去
青草陪着目光向上
云飞过,天空起皱
你能想象的辽阔近在眼前

风里有花开放,马在吃草
卸掉的鞍辔,像情侣
情侣往草原深处走去
两只鸟飞起,消失在河水的反光里

秋 又 来

这时候,一个人坐在北山梁
所听到的鸟叫虫鸣
都是一种悲戚,如入刑场
唯有风吹草木的声音
像一头忍辱负重的狮子发出怒吼

午 安

天空的蔚蓝流过每一朵云
蓝得几乎就要破了
蜻蜓留下初吻说:"午安"

白蝴蝶和黄蝴蝶擦身而过
两个寂静大于一加一的孤独
一阵微风吹皱了我
如果再大一点儿
就会把我的忧愁吹干
午安是你们的,也是我的

空中的光

寺庙的尖顶是沉默的,但诵经声会飞
为此,房脊上的一只鸽子
动了一下,另一只也动了一下
最后,它们都动了起来
起初是盘旋于盛大的佛号声中
之后向一无所有的天空冲去
几十个黑点,渐高渐远
三点两点,最后,缩小于一点
空中的光无限倾泻下来
阳光永远不锈,人世的忏悔刚刚开始

老 房 子

多少年了,被遗落在旧址
人去后,腾出来的空旷
比空旷本身更大
吟唱也无人听,虫豸只好绕行

你手拎保温杯,水是满的
里面泡着一些植物的情绪
它们又活过来了一次
舒展着身体,在人间浮浮沉沉

头顶的白云聚散了无数次
这一次,聚过来的
是乌云——轰隆一声
好像闷雷滚动,又像倒塌的声音

空空荡荡

村庄每年都会刮几场大风
真是大风啊,让人敬畏
担心有一天,它像纸片一样被吹走
飘到想够又够不到的地方

而今,又到了大风肆虐时
我已不再替村庄担心
而是忧虑这里最后只剩一场大风
空空地来,又空空地去

在广庆寺

阳光从窗棂投进来的时候
我正看柱子上的雕花
它们开得喧嚣肆意
微风吹进来,香案上的烛火开始晃动

隔壁禅房有琴音传出
刚好与微风相撞
这一刻,从来不问悲喜的我
疑似有一颗舍利入怀

丧　事

一些坟茔长在村子边上
而大多数,需要穿过更远的树林
和庄稼,并且
都在向阳的坡面

墓碑都是相似的,跪在面前的人
有着相似的脸
我也感到膝盖一阵寒凉

幸好火势未尽,一阵风
吹起一阵红光
一闪一闪中,看到那些先人的脸
比碑上的名字要鲜活得多

晚　祷

我并非一个孤独的人
却无法从这寂寂的黑夜之中
得到星空浩瀚的安抚

非常白,有点凉

走进更多的雪中,一个人
顶着孤远的世界前行
直到一头黑发
发出和这个世界一样的光
半夜时,雪停了
楼顶的雪光照得天空发亮
那些光进入梦里
非常白,有点凉
早上醒来,骨关节的痛
跟母亲多年前说的一模一样

我的火车

我的火车总是在深夜抵达
它带着我经过旷野,经过平原
到处长满了野花

我一个人的火车
带着我整夜奔驰
车厢里堆满金币、矿泉水和煤

一想到大海,我的火车
就会立马停下
把我一个人扔在漆黑的夜色里

树　桩

半边活着,半边死去
然后在无人知晓的夜里轰然倒下
总有这样一棵树
只留下树桩,上面长出老人
和孩子,我请一阵风
把他们送回人间
坐在上面,感觉到
大地深处传来微微的颤动

与草木对视

草木落入夕阳,我停下脚步
眼睛里的火焰亲吻草木
身影拉长,直至黑夜变白

与一株草木久久对视
沉默从地底下冒出来
夜如此深了,黎明很快就要来到

昨夜暴风雪

昨夜,种子在奔向理想的途中
遇到了山脚下的死亡
有未说出的话语经历了夭折

"没有什么可告诫的"
垂危的病人以为自己能醒过来
他只是想再多睡一会儿

寺院行记

喇嘛们专心诵经,并不多看
那些拜佛的人一眼
小喇嘛对经文还不熟
时不时望向院中那棵菩提

一个下午,她跪遍堂殿
有些还以慈眉,有些
仍是怒目,佛像很久没有新漆了
香火,增加人间的旧色

诵经仍在持续,小喇嘛
又走神了,望着
远处比菩提更高的白云

他看着世界,我看着他

有鸟飞过,翅膀上一丝反光
让他长久的静默微微一震
夕光从猫的身上爬过
打量着这尘世,我们一起吃饭
说着闲话,他不作声
黄昏淡淡照在他身上
有一种心生柔软的光亮
每一粒米饭,都有了满足的味道

在胜雪的云堆里沉醉

谈笑晏晏,繁花似锦。这个词

从秦汉的宫苑一路向前

从盛唐的山野漂洋过海

这花团锦簇的美好依旧保持优雅

胜雪的樱花堆积成云

偶然一阵微风,让人沉醉

风吹动你的长发

在野蔷薇和樱花的香味纠缠中

我想告诉你,樱花树下

这午后的安宁和美

让相拥而行的恋人脚步飘浮

冰清玉洁

午夜时分,我突然醒了
整个屋子还是暖的
而被窝又凉又冷
这让我想到了一个词
刚好用来形容梦中遇到的那个女人

悲伤一种

她抱着患癌症的儿子唱摇篮曲
每一次,都是儿子安静睡了
她才止住哼唱

能够哭出来的悲伤都算不上悲伤

雷雨来临

北山梁的那边,只有安静的羊群
让人羡慕,让人悲伤

为了在雷雨到来之前听到几声鸟鸣
我是唯一爬上北山梁的人

暮色里,树上的鸟巢多么孤独
草木如多年前的青春毫无惧色

收割过后

收割过后,稻茬陷入虚无
夏末的北方田野冷而空旷
黄昏的落日下
长有杂草的那些地方
遗落的稻穗与野草交颈而眠
现在你最怕夜晚的到来
那种空旷与寒冷
像钉子一样被钉进身体
失去了果实之后的田地
突然变得无所适从
收割过后,季节放弃了与命运抗争

遇见一棵树

他们说，遇见一棵百年老树
绕树三匝，可遇见前生
现在，它孤独地站在旷野
成为黄昏的中心
我也随着风向它倾斜

夕阳坠落，万物收敛光芒
只有它更亮了，我在下面站了一会儿
向着风的方向倾斜
一棵树，去路早已清晰
像我风中凌乱的父老乡亲

柔软下来的事物

推开这扇沉重的木门
春天就在眼前了

芦苇丛下面仅有的积雪
融化了；只有水
让一些不肯匍匐的事物柔软下来

写诗和生病是一回事
输入新鲜的情感
悲伤就会经过我们的身体

失忆的不同版本

围坐餐桌,讲述爱情的不同版本
诗集和兵器库。寒暑对镜瞻望
蝉鸣的手抚摸落叶的脚
吹散天空,我们说晨曦是一束玫瑰

我们坐在船帮保持平衡
缝补冰凉的波浪。沿着伤口走去
摩挲拓印在风中的轮廓
大理石网孔从心脏
绵延到花园旁边的一扇小窗

关闭窗子,放下窗帘
以便原路返回,倾听我们讲述
事件的不同版本:朝夕如此
圆月,仿佛树林穿行
每一棵树,树穿行每一片叶

河流自述

静止或流动,用身体紧贴大地
我匍匐,跳跃
看另一条河流和我对望

我有幸成为我的一部分
生和死在怀里同室操戈
曾经的约定和远山缠绕不清

我在诅咒和赞誉中穿越人间
放弃故居的桃花坞
秋林渡,远涉他乡

这里的飞鸟和落花似曾相识
我受命成为一条路
用野花做血液,不回头也不干枯

弯 月

弯月一日一日瘦下去
弧形的光一日一日暗淡
更多的景物隐藏在
黑丝绒后面,让星星安静下来

许多发出微小光芒和声音的
事物,都值得赞颂
那个困在迷宫里的人
如此挽留和赞颂着生活

黑暗使星光明亮

黑暗被星光分掉一半,灯光分掉另一半
分到阑珊时,秋已过半
旧曲里,英雄暗淡
油彩涂出的不朽面具下
面目在消失
低语的骨头从渐渐喑哑的曲调里
矮下去,以为自己还活着

比秋天旷远的最后一粒星光
垂怜人间,观众们
从前朝醒来,油彩外
尚未涂抹的一天也将醒来

孤独倒倾

一粒雪不算孤独,一整个
旷野的白,也不是
那些渐渐远去的足迹
才是;目光永不抵达预言的尽头
只及落日中途,便溃散了

循着足迹,有奔向下游的决绝之意
但我胆怯,懦弱,从不敢
深入一个人的命运
也不敢在这样的暮色中
待得太久,这孤独
随时都有倒倾的危险

第五辑

所有的星星都曾为爱哭泣

在 西 北

在西北,不能以命抵命
比如风沙,比如胡杨,荆棘草
比如一匹受重的骆驼

不能碰牧羊人的酒囊
不要向他问路
请给他留下柴火和水
在西北,每一个会唱歌的女人
都有一对鸟的翅膀

倒　影

北京的白云倒映在北京的
人工湖里；这跟甘肃省不一样
甘肃的湖里倒映着西北

屈身蹲下，与倒影握手
一次徒劳的打捞。时光太瘦
人生，却必须不断试水

他起身拦住背后的秋风
中年的倒影里藏着中年的心愿
秋风，请勿掀起更多波澜

一条鱼淹死在水中

担心的事情终于发生了
一条鱼淹死在水中
昨天,我还见到它在欢快地游动
这一夜,它经历了什么

它双目圆睁,横陈于水面
……没有谁听到它
死亡前发出的最后哀鸣

水是平静的,一切不得而知
远处传来孩子的童声
而在此时,好似一首挽歌

迎着风儿

——给女儿

请打开翅膀,燕子一样飞翔
交出你羽毛下的
软肋,和澄澈的目光

飞吧,不要回头看你的影子
不远处的悬崖盛开
野花,顶着黑夜的露珠

终有一天,你会娴熟地拨弄风弦
风,顺从你
成为你爱的一部分

爱的河流

风停了,波光粼粼
仿佛世上所有的爱都在这儿
把手指伸入水中,伸入
那些光的缝隙
感受流动的时光之慢

所有的悲伤,都沉入了河底

这条古老的河流
多么值得信赖
这成群的野鸭,摇晃的芦苇
这被擦亮的岸上的灯火

……这姓氏般流淌的河

冬季牧场

阿金在捡牛粪,那些牦牛
喷出的白雾包围了他

牛粪硬如石头,但这些石头
能燃起火焰,煮出酥油茶

爷爷在无声地咀嚼
像反刍的牛,望着远处的雪山

石经墙被白雪覆盖,但彩色的
经文和鲜艳的经幡在摇曳

高原寂静,寒冷
今夜过后,明早牧场一定有薄冰
但即使是冬季,也从来挡不住早行的人

所有的星星都曾为爱哭泣

雪在街道上融化成污泥
风发出的声音不是怜悯春天

红月亮像按在古书上的指纹
所有的星星都曾为爱哭泣

我出卖过的谎言打着灯笼
狼与小羊的对话起初并非一个寓言

白昼的星星

星光微弱,前行的道路
从不指望它们照亮

总有一颗和你遥遥相对
但走着走着,就不见了

我们滑入梦境
它们滑入白昼

我们是白昼里的星星
微弱,但仍亮着;它们仍在相随

光的锁孔里,我们
在风中长成一把把钥匙

问题与答案

云形千幻,每次都不同
跟随我半生,替我
向天空,问及了无数个问题

云又来了,阴影笼罩大地
我的影子仿佛更尖锐了
想从这辽阔的遮蔽中分离出来

显然,这不是一个问题
而是一个我需要的答案

北山:暮色中的家乡

多少次写到北山:暮色中的家乡
飞鸟携带一天最后的喧闹
隐入山林,牧羊人
把羊群赶下山坡
晚风吹过荒草,吹动我的头发

一切安静下来,从天到地
麦田一样金黄而辽远
爱已无法止息,直到
我目睹了老榆树上
最后一片落叶,在光中飘落

发现老榆树失重后的战栗
我所有的表述都在瞬间消失

村里的空房子

蒿草已经高过门窗
烟囱倾斜,死去的耗子身上爬满蚂蚁
秋天已过,麻雀越聚越多
仓房里的犁铧,看上去
余力未消;曾经盛满水的大缸
如果敲打,还会发出回音
日影西斜,沉寂更深了
我顺着原路返回,迎面而来的
扎着蓝色围巾的那个人
风尘仆仆又充满活力
腋下夹着一把锋利的镰刀
哦,你还怜悯吗,你还哀悼吗
……那擦肩而过的一道黑影

土里还乡

拿一把铲子在树下挖掘
我固执地认为,从这棵树下
一定能挖到故乡的泥土

树上,曾经栖落一只鸟儿
从故乡方向飞来的鸟儿
叫声像极了妹妹小时候喊山的声音

挖到暮色四合,一片叶子
落下,拍着我的肩头:"让一让,
不要阻挡我落下去的方向!"

落日、灰烬和亲人

逆流而上,昨日的落叶
还在风里独善其身
昨日的灰烬还在余温里浪迹天涯

昨日的亲人还在亲人中间
每一次雪花落下来,都像痛疼
又在人间重新活了一回

草 民

又是春天,我已没有过多祈求
只想着一场春雨过后
北山上那些叫不出名的小草
都可以挺拔腰身
而我一生的努力
是让自己变得越来越渺小
直到有一天,和故乡
和它们,有序地排列在一起

醒来的土地

雨水顺流向村外汇集
村外那些树木站在坟墓旁边
地下的根须一寸一寸
朝黑暗深处推送自己

暮色,从东向西漫过穹顶
树木顶着星光一动不动
母亲告诉过我,夜晚发亮的地方
是积水,要小心绕行

可现在,不能再往前走了
睡着的土地怀抱着我的亲人
他们不该被打扰,身后
醒来的土地上是灯火蓬勃的村庄

立 春 日

无非洗脸,剃须,扫院子
给涨红了脸的鸡撒一把米
无非打水,无非劈柴
无非瓦上雪在暖阳下开始融化

有人来访,撕去门上的封条
那个外省回来的年轻人要去北山梁
上坟,烧纸,完成生者
和死者一年一度的约定

立春日:无非北山梁在刮风
无非北山梁的羊群在等待
两个月后,它们才能
把春天的福利领取到食草的胃里

仿 佛

反复写到雪,仿佛如此
它们就出自我们之手
一再追寻,溯源,仿佛如此
就能住到造物的隔壁

我们循规蹈矩,它们渐渐不规则
见山成山,见水成冰
见到我们,多数被赋予人形

它是冬的小女儿,却被塑成高大
巨大,甚至庞大
仿佛如此,角落的
我们,便获得了更深的意义

旷野一日

天下的事都是小事
人世的人都是俗人
不值得用历史的眼光去描述
动辄五千年,三千载
旷野上这新的
足迹,比我们更古老

它们的描述中,我们直立
占有多于拥有
为我们写下的历史
只有一日,最后的一日

雪地之痕

爪痕凌乱,很明显
这是一只年轻的长尾雉留下的
它不比我轻松啊,雪野之上
不需择路,却要小心翼翼

我们持有的一日,它们过得更久
独享了这旷野的寂静
哪怕,存在远虑和近忧
犯下一些愚蠢的错误

所有的印记,都随着白昼沉潜
夜风过后,谁又记得起
天空中只有新月的薄影
整夜都在旷野上空擦拭着锋刃

风,一直吹

只有站在北山梁上
才没有了疲倦,风贴着脸吹过
身后老榆树茂密的叶片
发出哗啦啦的声响

时光深处,繁花已然落尽
而风依旧是好的,吹
我的头发和草木,是那样的轻柔

北山梁上的风像是
在做一件未尽之事
一直吹——吹欣欣向上
吹荒凉和悲伤
也吹北山梁辽远的天空和命数

……带着爱和自由

雨 中

小雨蒙蒙,网线上的一只麻雀

不停抖动身上的羽毛

水珠落在水泥地上

溅起水花,一个收破烂的老者

弓着身子努力向前骑行

身上披着白色的塑料布

发出哗啦哗啦的声响

那只麻雀也许受到了惊吓

瞬间松开足爪,飞入

雨中,连一声鸣叫都没有留下

深　信

草场被大雪覆盖，像一张白纸
在风中抖动，马群消失于一夜风雪
牧人握着套马杆等待马群归来

他身怀驯马绝技，熟知马的习性
对于突然消失的马群毫不沮丧
他深信草场的诱惑远胜于自由

他更深信自己的存在
深信这古老的规则不会被破坏
他兴奋于每一匹马的驯服

没有什么比骑在马背上挥动马鞭
更得意的事了，没有马
马镫和马鞍只能悬于时间的墙上

秋天的草原河

白头的芦苇绵延如霜
风吹时摇晃不止,风过后
低头不语,和我一样
抵御年轮,又像俯首认命

秋天的草原河,瘦下去的细流
依旧向远,河滩
露出群山的模样
纵横的纹理似朴素的铭文

总有一些事情需要祭奠
比如,投下的一粒石子
或者一个人的倒影被白云载走

雪中的麻雀

一只外来的麻雀,卑微地
融入这个群体,总是最后一个
飞起,又随众鸟折了回来

我以这个揣测准确命中了
窗外这一只,它不再起身
像一片被遗忘的叶子,溺在北风里

以为如此,便能将它拉进梦里
把头伸向我的粮食和水
那些落下的叶子会回到枝头

黑夜里有那么多沉浮
一场梦,远不如一场雪来得简洁

一株植物

周围都是异类,它
有宽大的叶片,在狭小的空间
让我的视线出现倾斜
却不影响季节的平衡

它是宁静的,风来时不说话
风走时也不作声
但在那个晚上,夜幕
被群星镂空,命运的细纹
发出了嘹亮的声响

日落草原

朝着日落方向走去,深草
在身后合拢,发出响亮的摩擦声
它们现在是金的了
火苗越来越暗淡,老额吉
已经在门口搭手远望
饭做好了,落日压住草原的袍边
没有风,几绺白发眉前浮动
草原深处的寂静和涟漪
一度让人有了莫名的感伤

风与草地

风吹深林,得到静谧

风吹大海,得到沉默

风吹过我身边,得到静谧和沉默

如果我是一个不解风情的人

就不会在大风过后

看到草地上铺就了一首好诗

惊　蛰

对于节气,万物言听计从
乌鸦虽不肯靠近村庄,却有十万消息
同时送到远方
日出似火,日落如红
北斗依旧是夜空的王
大地内部有声响,钟表内部也有
我的身体里也有,你手握
发条之匙,也握着十万春风

眺　望

站在山冈上,看到的春天
比村庄高。山下吃草的羊
眼里只有草,它们谦逊地低头
还没有学会眺望
但老马会,它总是停止咀嚼
看到春日慢下来
身后探头出洞的小鼠
看到春天和我一般高
而脚边的蚂蚁,晃动着触须
试图把挡在洞口的我扳倒
这辽阔的春日啊,让我一再踮起脚尖

巨 大

对于星空的描述,我充满哲学的
敬畏,也陷入窥视的恶习

肉身困于广袤大陆,远行是一种奢望
而面对星空,顿生巨大的鳍

沧海一粟啊,也是巨大的一粟
我仍从万千颗星中认出了自己

流星有着最倜傥的侧影
我以惊艳的绝句与之匹敌

我把这发光的穹顶想成一张琴
让万物,听见人间的低音

大 雪 记

牧羊人双手插进怀里,蜷缩在老榆树下
沉默的羔羊,聚在一起取暖

所有人都看得清楚,白压着黑
这只是上天的一场间歇性表演

是的,不要哭丧着脸
身体里的那一条路还没有走完

等暖风吹来,地虫苏醒
我们还会看到路上长满青葱的草

让我落泪的

不是山风,不是风里摇摇欲坠的鸟巢
不是雏鸟伸出稚嫩的
小脑袋,接住母亲的食物

不是河流,牵着森林和原野的奔跑
不是鱼,钻出水面喝逆风的浪

是我捡拾的树枝越来越多了
成捆,成垛,成童年的粮食和炊烟
同样的情形里,已不见了爹娘

山 顶 上

你相信花丛中有爱情摇曳
却不知道,一个爬到山顶的人
落日时分的没落与无助

树下的枯叶已经堆积得很厚了
仍有新的落叶覆盖其上
捂着一个谜,又一个谜

孤雁飞过晚霞,留下影子
和哀鸣;哪怕你就是那个爬上山顶的人
也只能接受风的无尽吹拂

天　籁

森林在自我中越陷越深
仿佛是庞大的队伍
有旗帜,有号手,有众马嘶鸣

最年长的树已有千年
肋间深处的烽火
毕毕剥剥,照着前行的路

也有的根系倒悬,棱角
梗在那里;抱着香烛疾走的人
濡湿沙沙声,越来越远

一只蜗牛,自岩石落入水中
引发一场巨大的潮汐
然后,什么都听不见了

一树梨花

我像一列披雪而来的火车
带着浩浩荡荡的春风

……我能做到的,梨花也做到了
一树一树梨花,在落
在覆盖,在攀缘,在刺穿
排列成悲喜交织的
果园:我的鲸落和雪崩

那么多的好孩子加入了合唱
云里雾里,一身白羽
她们偎依在母亲怀里
她们的样子,让我落泪又沉迷

伐 木 人

他说,森林就是一座牢笼
他生下来就和狮子老虎称兄道弟
练习伐木,他不知道
自己是石头,还是树木

有时候,误闯进来的月亮
会令他想入非非
他以为那是他的分身
而月亮,只是路过

森林里锯子响动,有人
需要嫁妆,有人定制棺椁
一棵一棵的树木倒下
他发现,天空才是最大的牢笼

在 山 下

我没有随着他们爬山
就坐在山脚下的石凳上
仰望看不见的山顶

风扫过枯叶,藓类簇簇
沿着山壁行走;蝉鸣
同时演奏,又戛然而止

不知过了多久,他们
发来登顶的信息
光正透过树木缝隙倾泻安静

枝头秘密

桃花盛开，一朵，两朵
多么美好啊
却没有一朵为我所动

我关注那些枝条上的芽苞
像我内心的秘密
蠢蠢欲动而又不被说破

春日闪念

飞鸟向林而投,中途又折返
云停下,酒杯也停下了
落日照大江。世界在等待一个理想

梦里的道别,醒来只有风声
一个人拥抱树木摇动的
旷野,天空用力落下了逼人的温暖

生活三段

自寻短见者爬上移动公司的铁塔
一个男孩推开围观的人群
抱住警察的腿说:"叔叔,
我让爸爸下来,我不想买玩具了。"

赴约的人,每次都在镜子面前
久久留恋——挽留镜子
就是挽留青春,不管怎样
擦拭镜面都不会影响脸上的脂粉

在一个陌生男人的注目下
她脱光衣服,骑在虎背上
跨过一条河流,世界上最残忍的事件
莫过如此,对岸就是动物园

孤　独

说出一个词，案头那些书就开始不安分
烟缸里的烟蒂也将开口理论

有人出走多年，没有一点消息
有人等待多年，没有一点消息

那么大的客厅，水里没有茶叶
那么大的床上只有半个生命在酣睡

说出一个词，生活不会以泪洗面
有时连以泪洗面的真相也不需要

你坐下来

你坐下来,坐到夜色深处

月光在窗口白得如雪
你坐下来,一直坐到

半截烟被按死烟灰缸里
指南针在一条老街上无人认领

你坐下来,坐到夜色深处

一直坐到,远处有人经过
脚步如风语,比喻再次变得愚蠢

第六辑

敦煌、麻雀和梦空间

敦煌,起初与过往

飞 天

只一瞬间的失神,人已浮去半空
不需双翼,不需一片鳞羽
世界变轻,肉体可弃
我是慈眉的菩萨,也是怒目的金刚……
我是从壁上揭下的你们
心怀柔软,良善,悲悯
如一滴水一跃而起,又落入汪洋
遇见了盛世和最好的自己

起 初

那日风急,石窟里的佛一脸斑驳
唯有迎着风的眼睛

不曾闭合,也许是看久了
把洞顶滴落的水珠
看成了泪滴——和我一样
佛,也曾迎风流泪

这多好,多温暖,在苍茫的西北
每一滴泪水都可以安抚
一粒风沙,或者救赎一颗心

淬 雪

鸣沙山的山脊线如刀,一粒沙
也能如此锋利,吞下
那么多马骨、兵器和铁甲

敦煌,是一个巨大的燃烧
风沙奔跑,干旱追逐
雨雪,从来都是稀客

还好,王维当年折下的新柳

如今已铺展成绿荫

《渭城曲》仍泛着潮湿

我们不等故人，只等

一场雨或雪；人间只等淬火

等一场从天而降的洗礼

静　坐

慈悲，有时是木质的虔诚

有时是金属的孤独

现在，静卧的佛祖

有石质的温暖，如一尾鱼

悠游于敦煌的虚空

不必静坐观心，拈花微笑

不必高枕，只需涅槃

不必在朝拜中耽溺一生

山水迢遥，明月高悬

人间正在盛世的灯火中醒来

过 往

日复一日,三危山见证
短命的植物和工匠
长寿的石头变成了不朽的艺术

我来晚了吗?那么多前人
穿过时间的窄门,去往另一个世界
留下敦煌巨大的沙漏

天黑以后,有佛从石壁上
走下来——慈悲
向敦煌伸长,星光落入人间

提 及

提及飞鸟和落叶风中摇摆
提及风沙与河水,往来路上赶
其实天空蓝得空无一物

提及阳关,在敦煌车站

人人手持折柳疾驰而过

轰鸣过后,留下阒静

酒还剩很多,还可举杯敬一轮明月

呓 语

水鸟冲天而起,又急又高

影子坠入月牙泉水底

你和树在岸边站着,彼此垂钓

也曾缘木,在高处看见

更多的鱼,和不完整的水面

如今木已成舟,载着你

在生活里不上不下地漂

假如有虚空,这就是十万虚空

假如有天堂,这便是人间

净 世

流水退去,石头空置,寡言

仿佛河滩散落的骨骼

在大风中一点点硬起心肠

又在时光里,低下头来

落日一如当初,把白昼迁往永夜

空气间有轻微的颤动

上游随风,中游东流

剩下的不必细分,交给火焰

看,被点燃的半个天空

仿佛带领人间回到创世之初

因　果

河床依旧发亮,蜿蜒

在咽喉般狭长的河西走廊

饮尽最后的苍凉

鸣沙深处藏下一滴泪

敦煌深处藏下一朵云

群山深处,藏下流淌和谦卑

今日一粒沙,往昔千滴水

般　若

这么多年,我在人间挣扎
总想把自己磨炼成
一个雕佛的石匠
可每次站在莫高窟的
悬崖边,注视佛
都无法安静,而佛看我时
就像一个审美者
总是一张笑眯眯的脸

观察麻雀的十三种方式

乌鸫在秋风中盘旋,

那不是哑剧中的一个细节吗?

——华莱士·史蒂文斯《观察乌鸫的十三种方式》

去年的麻雀

去年,写过一只麻雀

其实看到的是一大群

从头顶呼啦啦地飞过

歪头瞥一下你,集体的眼神没有变过

千百年来的邻居,彼此惊扰

从不信任,却不言弃

去年也写过一群蚂蚁,更多时候

看到的是落单的一只

匆忙地走在回家的路上

不会抬头多看你一眼

有时候,它们会微微抬起上身

望着前方的天空出神

看得比我们更远

像大地上最小的一尊神

须　臾

风头突然一轻,落日沉了下去

隔风相望的是炊烟和旷野

各领天命的是小飞蓬

蒲公英、燕子和麻雀

脚下的秋虫和林中的小兽没有区别

它们的薄暮被寒凉搬尽

杨树和榆树藏起自己的

影子,站在旷野上不肯回家

落叶在空中旋紧

又从大地上松弛下来

他　们

麻雀徘徊在灰色地带
燕子的爱憎，黑白分明
它们困于同一屋檐

借助梦境，接受神的启示
借助酒劲，把失散的
亲人和麻雀，一一寻回来

在星光中，互道晚安

大雪日，背对人间

雪中，我们临窗而坐
占据两个位置，荒草一样摇晃
麻雀在大雪中从不迷路

远处的风不是拍打我们的

肩膀,而是在拍打玻璃
和雪一样,我们也喜欢背对人间

枝头枯叶

距房子五米处的树上
十几只麻雀纷纷飞向屋檐
光秃秃的枝头上
只有一只不肯飞离

它要用这个夜晚来搬运风雪吗
唯有风雪可以压得住
小村深夜最大的犬吠

明早,我会用枝头枯叶
去寻找一只飞鸟的消息

动 荡

麻雀喜欢跟着人走

刚在村口碰到，又见在院子里觅食
动荡，曾让它们不安

如今，有枝可栖的生活
被梦中的风吹草动惊醒
世界像一根细枝，随时发生摇晃

一直以为我们惊飞它们
其实是麻雀牵着我们走
从空中看，我们扬起手的姿势
和投降并没有什么区别

回乡之夜

飞过的麻雀是谁走失的灵魂
跌落的羽毛是谁返乡的家书
日子在屋檐下矮了一截
雪花飘进来说："生命在融化中度过"

等待的夜被烛火烧短了一寸

其余的交给失眠、徘徊与张望

交给那些聚散无常的诗句

令人沉默的夜晚天亮后会令人更加沉默

寺庙里的麻雀

这些小家伙,歪头听经

参禅,也是素食主义者

终日诵经的老和尚

袍子愈来愈宽大,经声

却瘦了三圈,小和尚只喜欢敲木鱼

像极了腹中空空的声音

他们,都不喜欢麻雀

可麻雀不管这些,只顾敛翅走路

越来越多,久而久之

弃了飞翔之术,也学撞钟

也敲木鱼,也要开口说话

屋　　檐

仿佛都是准备好的

屋檐上的冰凌开始融化

寂静中缓慢的滴落

声声慢，声声刺入火焰

想忍住心跳，做一个老僧

一抬头却又看见屋檐下的麻雀

拖家带口，叽叽喳喳

而这一切，并非虚构

秋 风 吹

蚂蚁爬上断桩，一粒黑色的子弹

移向年轮，一丝警觉

一丝不安，再向前

旋涡的中心，途中必然有你

秋风吹，白云飞，木香四溢

秋风吹，乌云飞，树叶落光

麻雀声掉了下来

每片叶子竟皆是你

巢

背山向阳,我不懂风水
却能一眼看到这村庄是个好地方
麻雀在枝上,蹲住双脚
藏进羽毛里,我也跪下
这娇小的家伙也懂得在此筑巢
它的眼里,村庄是一个
更大的巢,有着一样的生长
死亡、离散和重逢
歌声摇曳,灯火辉煌处
有阑珊的车马,广阔的天空有麻雀飞过
村庄的边缘,残雪还没融尽
像一块块儿正在赶路的补丁

靠 近

一只麻雀,落在向北的枝头
北方有行云,匆匆赶往

遥远的草原上空，春风

溅起满天霞光，它一动不动

对眺望有着天生的兴趣

当越来越多的阴影包围第一盏灯火

扑翅的声响滑入北方夜色

惊起满天星群，在村庄上空集结

和人间的灯火靠得那么近

危　险

大风猛摇树干，树叶乱了方寸

乌云压着一排排树冠

翻滚而来，黑暗紧收

它们尚不知危险

只顾仰头欢叫，嗷嗷待哺

那时我年幼，攀上高树

对着鸟巢不知所措

我那么小，就知道了危险

如今只在树下仰望

那些鸟巢随风飞走

早已没了去往高处的冲动

梦 空 间

与蚂蚁交换人生

坠入梦境的那一刻,一只蚂蚁来到地下
它从大地上剔除一截黑暗
多余的阴影回到了我的体内
梦里,我们交换礼物
我给它一颗缩小的野心
它还我一个触须上抖落的理想

我们又交换籍贯:我给它
千里长堤,它给我一棵大树
我把大树叫作家园
反复撼动和篡改
它把长堤当作不可溃的祖国

我们交换了神明,它头上三尺

是宽阔的天空,我的小到只能捂在胸前

我们也交换过去和来世吗

它曾宽阔如人,而我在大地上

微小得举不起一粒粮食

遇见药师

在此之前的梦里,人间无疾

根茎花叶相安无事,后来药方横行

研丸成汁,剂量越来越大

三钱三的伤寒,当杂病论

二两半的本草,归纲归目

人世间,虚无的病仍以吨论

抽屉大小,关上一种苦

打开另一种苦,无论哪一种

都被药师写上一手楷体

且能把数种苦熬成一种甘

并教会人们,怎么微笑着喝下去

多年来故乡并未走远

昨夜秋入梦境,一眼认出
年幼的你,和你的彷徨
双手捧着的果实上,秋日衰败
虫子出逃,在夜里
避开行人,无声地迁徙

月光下,清霜铺路,梦境打滑
跟着滑落的,黄叶千里
红叶千里,秋寒三尺
多年来故乡并未走远,过了这一夜
我将止步,你也不要回头

缝 合 术

好吧,让我们到松散的人间
缝合。有如此夜,我们
先对江河下手,反复穿过它的身体
风越吹越凉,每缝一下

都能打捞一把锋利的剪刀

需要克服一些坚硬的事物
比如山峦,从它的缺口处
一些柔软的东西一再漏掉
在时光下成尘,风吹即散

现在,我们把矛头指向风
试图控制时间的流向
细小的推手从更细小的针眼里漏过
用无形的线缝合宽大的人间

梦与睡眠

唯有梦,能敲开睡眠
一醒再醒,尔后自由生长
明月带着预约之美
落日,在另一端启程

梦里的风搅动鸟,水搅动鱼

擅自挪动的棋子篡改了
时间的秩序,企图
避开衰老,疾病,和生死

但时光深处的父母啊
仍像记忆里的旧物什
身旁,晃荡着一株
至死都没有醒来的稗草

买 梦 记

梦的掌心里,歧路振振有词
午夜敏感的神经末梢上
"人生多险恶,不妨买个梦防身!"
卖梦者,在路边兜售

美梦泛着红光,内里辉煌
噩梦漆黑,养十万蚁军
越来越多的人围观,想抓住这漆黑
这原本属于光的一部分

念及"人生艰难",且不如
买下无人问津的梦魇
喜怒哀乐也有相聚的冲动和欲望
但兑现喜怒哀乐无需成本

白日梦·听书

一壶老酒,暖如故人
喝到酣时,书中故事听一半
留一半;明月将至
赶考的书生误了行程

书生烂醉,花事如梦
蝴蝶穿墙而过,被红杏绊了一跤
女子如水,小桥
在旧时代的对岸生长

此时,书生刚好被说书人
从书中拽了出来

安排相遇,如果错过
就把说书人也从书中拽出来

故事,不能松开;一松开
就是落花流水,天上人间

白日梦·恍然

择良辰,选吉日,隐姓埋名
青山绵延,绿水潺湲
有明月时常过来探望
夜里敲下几颗星星为棋子
酒醉后,没有胜负

几乎是嘀嗒一声,早上就醒了
很久都不用说一句话
当我失口说出"那个人"
花开了又落,这一梦
长于毕生,足够光阴消磨

墓地八行

借一场春雨照见天空一贫如洗
坟地里的亲人,相拥而眠

如果老人的忠告是真的
星星坠落,也是无辜的

不必打听了,人间无非有人读书
有人,吊儿郎当地混社会

无非有人唤我乳名,而我
不敢应声,沉默一如墓地

深夜片段

借风翻书,吹到哪页算哪页
如果能巧遇,算是天意
凑巧成书,这一页
写着一句鬼话:"在哪里跌倒

就在哪里爬起来。"
人生无意，索性躺下来观星
这一梦，做到哪时算哪时

梦中的死亡

梦中有亲人去世，悲苦在流逝
生命必须要斤斤计较
生活啊，你给予的提示太过具体

为了胃口，粮食辛苦了
为了失眠，黑夜辛苦了
为了爱情，梁祝辛苦了

为了新生，母亲辛苦了
为了记忆，历史辛苦了
为了失去记忆，记忆辛苦了

为了一块葬身之地，故乡辛苦了

失眠之歌

想认真地做一个梦
但时间,都耗在了辗转之上
仿佛在别人的梦境
之中,找不到出口

有人在我的梦里安排出行
边际渐白;云的密码
在生成,谁在我的梦里
把我喊醒,在世界更新的清晨

冷月悬置的寂寞

想不到,梦里月光更寒
一个决绝向前的人,身上
现出利器的冷光
这不是我,又像是我

寒气来自他,凉意

却从我心中升起

他回头大笑,没有四目相对

仿佛自己看着自己

他掏出匕首,命令寒意

吸附到利刃之上;他摊开

书卷和笔墨

邀请目光游离的山水

羞愧退到边缘,但边缘

不断坍缩,我退回

一双眼眸,面前人

已不见,只剩冷月悬置的寂寞

雕刻梦境

白日穿梭,不过是为了晚上

雕刻一个梦——斧凿

在梦里变轻,沉重的细节

粗糙不已,不值一提

每一转念,事物就生成
那些睡在路边的人
被请进梦里,有了一席之地
不再为趔趄生活而忧心

梦里的错误

梦里的时间总是难以校对
少年的我,身体里
装着另一座山,另一个我

少年回过头,苍翠从微笑中
慢慢移来,掩盖呼喊
掩盖急于长大的心情

我抱紧自己,抱紧体内的
指针,让流逝变慢
梦里的错误却始终无人认领

噩梦一种

堂哥五岁或八岁,有时是十岁
在我的梦里,时间我做主
不想让他成长得太快

堂哥以木棍为枪,指向鸟巢
懂事的大树配合着
举起手臂,看他破涕为笑

梦外的时间谁也做不了主
九岁那年,堂哥从杏树上落下
落叶的命运打了一个死结

他再也长不大了,即使
在我的梦里;他的惊叫
一直试图摆脱树枝般晃动的圈套